옹이도 꽃이다

아정 노영숙 시집

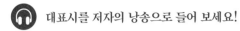 **대표시를 저자의 낭송으로 들어 보세요!**

이 도서에는 저자의 시 낭송으로 연결되는 QR코드가 있습니다. 스마트폰에서 [네이버] 앱을 다운로드 하여 실행한 후 검색창 옆의 아이콘을 눌러 QR코드를 스캔해 주세요. 시인의 목소리가 새로운 감동을 선사합니다.

초판 발행 2019년 5월 23일
2쇄 2019년 6월 17일

지은이 노영숙
사진 포토그래퍼 민웅기

펴낸이 안창현 **펴낸곳** 코드미디어
북 디자인 Micky Ahn **교정 교열** 오재령
등록 2001년 3월 7일 **등록번호** 제 25100-2001-5호
주소 서울시 은평구 갈현로 318-1 1층
전화 02-6326-1402 **팩스** 02-388-1302
전자우편 codmedia@codmedia.com

ISBN 979-11-89690-06-9 03810

정가 12,000원

이 도서의 국립중앙도서관 출판예정도서목록(CIP)은 서지정보유통지원시스템 홈페이지
(http://seoji.nl.go.kr)와 국가자료종합목록시스템(http://www.nl.go.kr/kolisnet)에서
이용하실 수 있습니다. (CIP제어번호 : CIP2019017477)

옹이도 꽃이다

아정 노영숙 시집

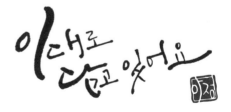

이따금 산을 오를 때면 옹이로 인해 소나무 아래에서 머뭇거릴 때가 있습니다.

나무에 박힌 나뭇가지의 그루터기나 그것이 자란 자리에 생긴 옹이를 보노라면 진한 연민을 느낍니다.

우람한 덩치를 키우기 위해서는 많은 고통과 오랜 기간 거센 풍화작용을 견뎌냈을 것이라는 생각이 미치기 때문입니다.

옹이는 내 고요한 작은 가슴에서 인내하며 잘 품어서 꽃으로 틔울 수 있었지만, 홀로 피운 것이 아니라 누군가와 함께 키워 온 것입니다.

옹이에서 꽃이 피는 경험을 할 수 있으려면 탐욕으로 물든 나 자신을 버려야 합니다. 그리고 그 탐욕을 버릴 때 그분이 동행하심으로 옹이의 꽃을 피울 수 있다고 봅니다.

나를 비워 수직과 수평의 너와 내가 함께 울고 웃을 때, 빅뱅의 시간이 되어 옹이에서 꽃이 피어날 것이라고 확신합니다.

행정학을 전공하였지만, 제 심연에는 늘 시인의 우물이 자리하고 있습니다.

돌 위에 핀 보랏빛 작은 꽃 한 송이에서 눈부신 생명의 소중함을 느꼈습니다.

그 꽃이 떠난 상처에서 꽃을 피우기 위해 바위틈 사이를 흐르는 샘물처럼, 그 샘물이 마르지 않도록 글밭을 일구어 왔습니다.

이 옹이의 꽃이 '그래그래, 나도 그랬지' 하며 공감을 주는 시집으로 남는다면, 그것도 옹이에서 꽃을 피우는 아름다운 일이 아닐까요?

옹이의 꽃이 삶의 희망이 되어 세상을 함께 살아가는 벗들에게 한 줄기 솟는 샘물이 된다면 더없이 좋겠습니다.

옹이가 피운 진솔한 꽃들이 고운 향을 낼 수 있도록 이대로 담아 축복합니다.

연둣빛으로 가득한 싱그러운 푸른 달, 우암산에서
아정 노영숙

노영숙 시집에 부쳐

류영철 | 시인, 수필가, 경제학박사

글은 그 사람의 인격이다. 노영숙 시인의 시를 읽으면 그의 선한 심성을 바로 느낄 수 있다. 슬픔과 고난 속에서 꿈을 찾고, 내려놓음과 버림 속에서 거듭나는 자신을 찾고 있기에 옹이도 꽃으로 변화시킬 수 있는 감성의 소유자다.

어느 날 나에게 논문을 쓴다고 자료 요청을 하는 것이 아닌가. 그리고 또 몇 년 후 행정학 박사를 취득하고 지금은 교수가 되어 학생들에게 꿈과 희망을 주고 있다.

시는 아름다움이다. 그 아름다움은 우리 가슴속 저 아래에서 우러나오는 힘이요, 언어이다. 사람들은 시를 겉모양만 아름답게 꾸미려고 한다. 즉 형식에 너무 치우치고 리듬이나 은유에 온 정신을 쏟아내고 있다.

그러나 시는 먼 데 있는 것이 아니고, 특정한 재능을 가진 사람이 쓸 수 있는 것은 더더욱 아니다. 세상을 밝은 눈으로 보고, 자연

의 소리를 있는 그대로 귀담아듣고, 맑은 마음으로 생각한 것을 사색이라는 고운 체로 여러 번 걸러야 시라는 작품 하나가 탄생되는 것이다.

　노영숙 박사의 시 몇 편을 지도한 것이 인연이 되어 지금은 함께 시인의 길을 걷고 있다. 어느 때는 시어 하나를 가지고 몇 달씩 서로 의견을 나누기도 했다. 그런 열정과 노력이 신앙심으로 녹아내려 이제는 시인 가슴 깊은 곳에서 조금씩 떨림으로 오는 영혼의 소리에 귀를 기울인다고 했다. 한동안 서로가 바빠 왕래가 뜸했던 노영숙 시인이 오랜 되새김 끝에 『옹이도 꽃이다』라는 첫 시집을 낸다는 소식을 듣고 마치 내 일처럼 기뻤다.

　이 시를 읽는 많은 독자가 아정 노영숙 시인의 내면에서 나오는 다양한 언어의 울림을 각자의 공명통에서 새로운 울림으로 변신하기를 기대해 본다.

contents

01

──────────── 이대로 담고 있어요

🎧 이 아이콘이 있는 작품은 QR코드로 시 낭송을 들을 수 있습니다.

02

나처럼 태우고 태우리니

contents

03

————————————————————— 그녀의 품

04

———————————— 내가 살아있다는 것

contents

05

———————————————— 구부러진 길 저쪽

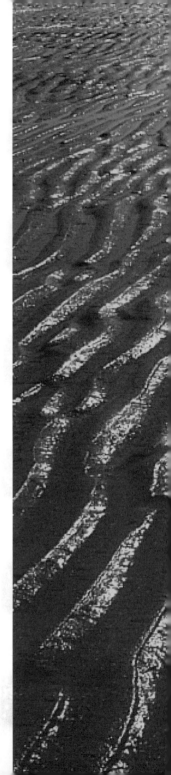

너의 숨소리였다

단풍잎처럼 다가와
긴 허공을 가를 때

너를 가슴에 담고
나는 가을빛 홍역을 앓는다

―「슬픈 가슴속에」부분

01

이대로 담고
있어요

슬픈 가슴속에

너의 숨소리였다

단풍잎처럼 다가와
긴 허공을 가를 때

너를 가슴에 담고
나는 가을빛 홍역을 앓는다

잘 익은 홍시 하나
등불 되어 깜빡일 때

창문에 걸리는 소리
네가 내 가슴에 머문다

❶ 이대로 담고 있어요 _____

달놀음

달의 향기에
홍조 띤
고즈넉한 가을밤

여기저기
후끈거리는 취기에

흰 박 덩이 하나가
휑한 가슴을 연다

봄 색깔로 피어나다

당신이
나의 숨이라는 사실을 깨달을 때
내 마음에도
당신의 향기를 그려낼 수 있다

잿빛 세상
봄 색깔로 피어날 때
서로의 가슴에
후리지아 향내를 피울 수 있다

직박구리 감나무에 앉다

찬바람이 아파트를 휘감는다
회색 몸에 갈색 연지를 찍은 직박구리
파도타기를 하며 감나무로 우르르 몰려든다

삐리리리 삐리리리 삐
먼 걸음에 배고파 우는 걸까
하루 무사함에 환희의 노래일까

감나무 끝에 달려있는 반만 남은 홍시 보고
허기진 직박구리 허겁지겁 달려든다
흑백사진 속 단발머리 어머니 얼굴 스친다

도심 속 직박구리 가족에게는
아파트 창마다 비치는 붉은 노을이
떠나온 고향에서 본 강물이다

복숭아꽃 문풍지 바람에 떨던 날
눈 속 헤매다 추억 더듬고 온 아버지
붉은 내 작은 볼에 언 몸을 녹인다

삼월의 눈물

추운 눈 속 곧은 절개로
정유년 삼월의 기개로 피어난 매화
그 고결한 매향을 지닌 당신입니다

귀와 눈을 막아
몸짓말 낯빛 없는 젊은이들
당신의 향을 맡으려 하지 않습니다

그 매향조차 바꾸려는
적과의 동침에 서슴지 않는 자들이
진실을 바라보지 않습니다

삼월의 봄바람이 이리도 시리던가
정의가 승리한다는 하얀 매화여
시린 삼월향 담아 우듬지 해가 떠오르길 기다립니다

그대로 단풍 든다

허공을 난무하며
떨어진 단풍나무 아래
기대어 앉는다

날 선 하늘이
사자처럼 변하던 날
단풍잎 한 줌 주워
빈 주머니를 채운다

온몸으로 퍼지는 따뜻한 전율
그대로 단풍 든다

외로움 끝에서

불빛 새어드는 가로등 뒤
노랗고 무성했던 나뭇잎
모두 사라지고
시린 바람 그 끝에서
가난한 나와 마주한다

그래도
그래도
라 트라비아타*
그리움 하나 여울져 온다

---

* 라 트라비아타 : 「베르디 오페라」 순수 남녀의 비극적인 사랑 이야기.

너였으면. 1

잔잔한 호숫가에서
자주 부르던 내 노래와 땅거미에
아직도 설레는 너였으면 좋겠어

낡은 흑백 사진
보일 듯 말 듯 빼죽 내밀던
그 수줍어하던 나를
기억하는 너였으면 좋겠어

파란 하늘
아침 햇살
화장기 없는 민낯에
눈 한번 마주하는 너였으면 좋겠어

너였으면. 2

빛바랜 앨범 속에서
수줍게 고개 돌린 나를
기억할 수 있는 사람

저녁놀 드리운
산책길
허밍으로 읊조리는 내 노래에
잔잔히 음 맞추는 사람

첫눈 오는 날
아무도 밟지 않은 숫눈길 걸어갈 때
앞서가며 발자국 내 주는 사람

그 사람이 너였으면

폐교

누렇게 색 바랜
서늘한 냉기
발걸음을 내디딜 때마다
뿌옇게 올라오는 먼지

왁자지껄 콩나물시루였던
벗들은 인적 없고
왼손잡이 선생님의
퇴색한 목소리만
빈 바람을 일으키는 복도

전교 꼴찌
댕기머리 소녀
내 짝은 어디 있는지

황급히 나뒹구는 나뭇잎과
휑한 운동장에
25시*만이 환영처럼 흐른다

---

* 25시 : 고전 게오르규의 『25시』에 나온 말로 현대 기계문명과 전쟁의 광기를
통렬하게 비판한 작품.

단풍

허공에서 빙그르르
떨어지는 너

지나가는 바람에 놀랐는지
화사한 햇살에 놀랐는지
너의 온몸 불꽃이다

십이월 끝 시간

한기 서린
십이월 <u>끄트머리</u>
이야기가 조롱조롱 걸렸다
커피 향 그윽한 카페도
청국장 익어가는 사랑방에도
아롱다롱 눈동자 굴리며
마지막 계절의
뒷문을 닫는다

연못가에서

솔바람 한 줄 스치니
맑은 얼굴 드러내고

단풍잎 하나 떨구니
환한 얼굴 나타난다

별 하나 나 하나, 별 둘 나 둘,
연못 속에
또 하나의 하늘을 만들어 본다

별 하나 꼬리별 되어
연못 속으로 떨어지던 날

연못 속 하늘에 파문이 일고
내 가슴속 작은 물결이 인다

이대로 담고 있어요

그대와의 거리가 너무나 멀어
차라리
시간으로만 흐를래요

눈물 없는 새가 되어
온종일 운다 해도
마음에 흐르는 눈물은 어쩔 수 없어요

먼 하늘 초승달
나뭇가지에 입맞춤하듯
그대와 나 사이 너무 멀어
지금 이대로 남을래요

늦가을 끝자락
어둠 내린 빈 들 위
시간을 놓친 철새 줄지어 지날 때
그대 모습 숨길 수 없어 이대로 담고 있어요

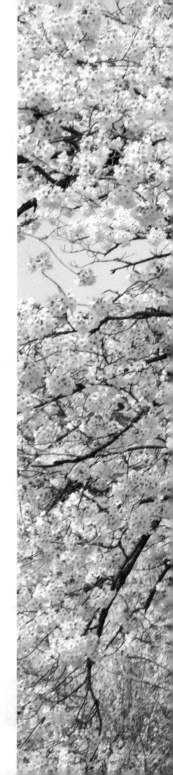

내 몸 불태우며
뜨거워하는 나를 위로하지 마라
너도 언젠가는
네 몸의 피붙이를 위해
나처럼 태우고 태우리니

– 「나처럼 태우고 태우리니」 부분

02

나처럼 태우고
태우리니

타지 않을 만큼

담 밖을 넘는
장미 넝쿨
기다림에 지쳐
온몸으로 편지를 쓴다
타지 않을 만큼
붉게
더 붉게

믿음 하나

너를 처음 보았다

이빨 빠진 담 모퉁이 사이
이슬 머금은 네 모습
난민촌의 고귀한 상자

시베리아의 칼바람
한여름의 비바람
너라고 그들을 비껴갔을까

작은 씨앗 바람에 날려
자갈밭에 떨어졌어도
그 믿음 하나가 너를 지킨다

12월에

십이월에 동장군은 과속을 한다
빨간 신호등 위에 집을 장만한 땅거미
배고픔에 긴 발을 내민다

흙수저 하나 들고 과속을 피하려
구석으로 몸을 숨기지만
회심의 미소 지으며
긴 발을 성큼 내민다

은행나무

살아있는 화석 은행나무를 보았는가
한 줌 햇빛을 구하기 위해
날숨 한 번 내뱉기 위해
노란 물갈퀴를 허공에 대고
억년 동안 몸부림치는 것을 너희는 보았는가

물 한 모금 얻기 위해
뿌리는 천 년 동안 어두운 땅을 향하고
양분 한 모금 얻기 위해
두 귀를 쫑긋 세우고
한평생 몸부림치는 것을 너희는 보았는가

오늘도
공원 한가운데 살아있는 화석 되어
과거 혼돈의 시대를 이야기하면
찰나의 노인들은 어느 사이 어린이가 되어
불기 없는 화석 곁으로 자꾸만 모여든다

황무지

지구의 피부가 쩍쩍 갈라진다
중국산 황토 바람만 신났다

조그마한 호수에
발만 간신히 담근 버드나무
누런 머리가 마음에 걸리는지
물속에 담그려 애를 쓰지만
뜨거운 바람은 또 훼방이다

허리까지 내려온 삼단 머리
제 색깔 찾으려 호수를 본다
뜨거운 태양 물속에서도
숨이 찬 황톳바람 아직도 멈추지 않는다

버드나무 실눈 뜨고 메마른 하늘을 보다가
눈도 입도 꼭 다문다
하늘까지 온통 땅의 색깔로 변해 있다
온 천지가 황무지다

생명

어린 날 우연히
너를 본 순간
나의 심장은 멈추었지

보일락 말락
모퉁이 돌 사이
보랏빛 수줍은 미소

하나의 씨앗이 생명을 뿜어내기까지
바람비 암묵하며
새벽 눈발 비켜내느라 얼마나 힘들었을까

작은 삶의 의지 하나
돌밭에 떨어져 생명을 지킨 네 모습
너무 애잔하다 못해 내 가슴에 눈물 고인다

나팔꽃

밤새 내린 폭우에도
아침이면
선명하게 피어나는 꽃

신념을 굽히지 않는 모습이
낯익다

어디서 본 듯한

두리*의 오솔길

아카시꽃 흰 구름 되어
하늘거리는 호젓한 길
두 귀 나팔꽃처럼 방긋 세우고
어서 오라고 돌아다본다

진초록 꽃잎에도
신기하다고 입맞춤
말랑말랑한 꽃술에도
예쁘다고 입맞춤

고운 바람이 뒹굴다간
벤치에
사뿐히 올라 앉아
계절 떠난 시간을 음미한다

가볍게 춤추는 듯 귀를 뒤로 제치고
해뜩거리는 모습에
나뭇잎도 햇살 업고 헤죽거린다

---

* 두리 : 작가가 키우는 반려견.

바람꽃. 1

나지막한 꽃들이 하늘을 향한다

봄볕을 받으며
온종일 춤을 추고도
신명을 다하지 못했는지
달빛 쏟아지는 폭포 아래
밤새 어깨춤이다

조릿대 긴 그림자
붉은 물로 색칠할 때
달빛에 목욕한 바람꽃
잠시 휴식 중이다

바람꽃. 2

바람이 스치고
단비 흠뻑 몸을 적시니
이제야
생기 찾아 얼굴 펴는 너

고단한 단잠 끝에
붉은 심장 하나
턱하니 내놓는다

단풍, 그 안에

햇살 품은 단풍에
나무의 역사가 있다

떫은 시간
쓰린 시간
달달한 시간들
어울려
계절을 재촉한다

기공 닫은 시간의 흔적이다

단풍, 그곳에 내 지난 시간이 일렁인다

나처럼 태우고 태우리니

불쌍하다고 말하지 마라
너도 언젠가는
생의 마지막 줄을 그렇게 잡고 있으리니

길 위에 뒹구는 낙엽을
함부로 밟지 마라
너도 언젠가는
차가운 아스팔트 위에서
봄을 기다리는 내 마음과 마주치리니

내 몸 불태우며
뜨거워하는 나를 위로하지 마라
너도 언젠가는
네 몸의 피붙이를 위해
나처럼 태우고 태우리니

봄볕

겨우내 웅크린 잔디밭에
햇살이 배시시 웃는다

나그네처럼 지나는 햇살에도
간지럼 타며 기지개 켜는 생명들

내 마음도 따라
봄볕을 만든다

온기를 넣다

상념의 시간이
눈꺼풀을 덮는다
아직은 미명의 시간

긴 터널을 통과한
삶의 편린들이
저마다 씨실 날실로 엮인다

이제는
내 온기를 불어 줄 시간
이름을 붙여 줄 시간

단풍 드는데

나무 사이로 환히 드리운 단풍
지나간 시간이 곱게 물들어 있다

서로 눈길 맞닿은 자리마다
붉은 단풍 짙게 드는데

내 사랑 풋살구처럼 익지 못하고
시린 바람처럼 광장을 뒹군다

춤추며 피는 꽃

춤추지 않는 꽃이 어디 있으랴

동풍이 귓불 만지고
봄비가 머리 적신 후

굳게 여민 네 가슴 풀어
노랑나비 품어 안는다

네 진한 화무 한 자락
높은 산 잔설 무더기

등불 되어 하늘을 훨훨 난다

모과 향

따스한 햇살 배불리 먹고는
온몸 다 드러내 놓고 오수를 즐긴다
아직 가을볕이 따가운지 온몸이 노랗다

가지가 휘어지도록 매달린 못난이 얼굴
아침이슬로 세수하고 가을볕 고운 손으로 화장한다
아직도 이팔청춘인지 땀 속에서도 향기가 난다

축 처진
어깨를 감싸 안고
밤새도록 신열 앓는 나를
묵묵히 바라보던 너

수직으로 내려와
내 고통 내 아픔의 부스러기 하나도
하얗게 덮는다

– 「첫눈」 부분

그녀의 품

아침 찬사

밤새 내린 비
온 세상을 목욕시켰다
물기 흐르는
나뭇가지와 나뭇잎
그 사이를 막 지나는 햇살의
부드러운 눈빛
그대로 그림이다

재잘대는 새소리
무지개 좇던 유년 시절 동네 친구들 웃음소리가
참나무 잎들 사이사이로
저녁 굴뚝의 연기처럼 흐를 때
쑥물빛
눈 비비며 일어나 나무에 앉는다

커피 한 모금 목에서 구를 때
콧노래는 어느 사이 메아리 되어
상념의 틀을 깬다
물기 어린 감성은

은은한 풀 향기 되어

메마른 가슴을 비집고 들어온다

마지막 모과

신도시에 작은 오솔길이 있다는 사실도
그 길에 모과나무 한 그루가 서 있다는 사실도 몰랐다

책가방이 어깨를 누를 때
서쪽 하늘 눈썹달을 향해 고속열차가 지나간다
세월이 지나간다

오늘이 십일월 며칠인지 기억을 못 하듯
너도 떠나 버린 친구들을 기억 못 하겠지
가지 끝의 모과 하나
살아남았다는 기쁨보다 혼자 남은 두려움에 더 노래진다

희미한 달빛을 둘러싼 무수한 별들은
슬그머니 나와 기지개 켠다
마지막 노란 모과도 끝내 향을 터뜨린다
십일월 끝자락이 초승달에 걸렸다

이야기하다

거울에서 어머니와 똑같은 얼굴을 물끄러미 바라본다
한 여자의 일생을 이야기합니다
기쁨, 슬픔, 사랑, 미움.

초겨울 바람에 나뒹구는 거리의 낙엽을 보며
찬란했던 봄, 여름 그리고 가을을 이야기합니다
희망, 꿈, 지루함, 서글픔.

호수 위를 물 흐르듯 흘러가는 구름을 보며
그동안 못다 한 사랑 이야기를 해 봅니다
아마 천 년 전부터 지금까지 하고 있는
기다림, 기다림, 또 기다림.

아버지의 호수

작은 호수에 산 그림자 붉게 물들 때
아버지는 호수 속 산 한가운데 혼자 앉아 계셨다
한평생 교육자로 걸어오신 당당한 위엄은 어디 가고
백지 같은 하얀 얼굴로 힘겹게 손을 흔든다

하얀 와이셔츠 다림 줄 만큼 고매했던 모습은
산 그림자 속에 숨어서 나의 눈치를 본다
방금 전까지 향기를 내뿜던 백매화 한 그루
이제는 수명을 다했는지 적막만이 흐른다

자식이란 이름표에 걸맞지 않아 심란하고 아플 때
도장 들고 요양원 입구에서 쾅 하고 도장을 찍는다
그 소리에 놀란 철새들이 한꺼번에 호수를 박차 오른다
아버지 얼굴이 파문에 일순 일그러졌다, 이내 담담해지신다

바쁠 텐데, 여기까지 왜 왔어 손사래 치는 아버지
하얀 얼굴에서 갑자기 얼음 구슬들이 우수수 떨어진다
부끄러운 내 얼굴이 노을처럼 서럽게 붉어진다

가슴으로 안고 있어도 가슴인 아버지
심장소리도 큰 북에서 소고 소리로 변했음을 알았다
나의 울음소리가 호수에 긴 파문이 일 때
아버지의 얼굴은 또 한번 일그러졌다, 이내 미소를
짓는다

요양원 앞 작은 호수는
산이 아니라 아버지의 가슴이라는 것을 알았고
호수의 철새는 청둥오리, 기러기, 두루미가 아니라
나 같은 불효자임을 알았다

그런 사랑

이른 봄
마지막 고드름의 눈물을
온몸으로 감싸 안을 수 있는
그런 사람이 나에게도 올까

퀴퀴한 책 속에 파묻혀
시간을 보낼 때
시원한 아이스커피 한 잔 사 들고
말없이 다가와 앉았다 가는
그런 사람이 나에게도 올까

빈 바람을 일으키며
붉은 낙엽을 주워 모을 때
그림자처럼 나타나
어깨 위에 겉옷을 걸쳐 주는
그런 사람이 나에게도 올까

첫눈

축 처진
어깨를 감싸 안고
밤새도록 신열 앓는 나를
묵묵히 바라보던 너

수직으로 내려와
내 고통 내 아픔의 부스러기 하나도
하얗게 덮는다

끝없는 빈 들
동토를 뚫고 올라오는 복수초
하얀 내 등 위에다
살며시 노란 점 하나 찍는다

그녀의 품

미동도 없이
고요로 키우는 생명들

햇볕 한 줌 받아먹고
손마디 하나 키우고

달빛 한 줌 받아먹고
눈 하나 키운다

태양 닮은 둥근 자식들
대문 앞에 걸터앉아
뭇 나그네 불러들일 때

산봉우리 닮은 그녀의 가슴속으로
어스름이 긴 발을 치면
산속 짐승 저들마다 제 욕망을 읊조린다

봄의 희망

활짝 핀 노란 산수유
새 소식 전하니
친구여 일어나 함께 걸어요

땅에는 새싹들 기지개 켜고
하얀 목련 꽃망울 터트리니
친구여 어서 일어나 함께 걸어요

졸졸거리는 시냇물
햇가지마다 갯버들 눈웃음 인사하니
사랑하는 친구여 함께 걸어요

봄꽃 가득한 풍경
묵은 때 씻어낸 향나무 천년 향
너와 나 손잡고 함께 걸어요

들꽃 친구

황야 외로운 들판에서 홀로 자라
슬픔도 못 내놓고
그저 웃고만 있습니다

자신을 스친 나그네들이 들려준
들숨 날숨의 슬픔을 기억합니다

그래도
말없이 웃고만 있을 뿐

무심히 내 앞을 스치고
사람들은 지나가지만
그 신발 뒤축에 매달린
상처를 지워준 이가
들꽃인 줄 모릅니다

따스한 봄날처럼
나는 쓸쓸한 들꽃 친구이고 싶습니다

또 다른 아침

싱그러운 아침 햇살의 간지러움
둥지 속 새들의 자명종 소리
굴참나무 긴 터널 지나
울림 되어 퍼지면
연분홍 철쭉꽃 기지개 켠다

한 뼘씩 자란 쑥들의 고향
고라니 발자취 따라
봄 내음 날릴 때

또 다른 아침을 맞이한다

인생. 1

자신에게 불어오는 바람에
몸을 맡기고
허공을 유영하는
감정의 물결에
나를 실어 흘러가는 것

인생. 2

사계의 소리를 찾아
물빛을 그려내는 것

인생.3

도레미파솔라시도
높은음과 낮은음 사이에서 들리는
미세한 소리를 찾아가는 길

그 속에서
너와 내가 공명하는 것

봄날 주인

버선코처럼
사뿐사뿐 다가온
봄날

봄처럼
수줍게 다가온 향기

신발 주인을 그려본다

어머니는

보고 싶으면
보고 싶다고 말하는 어머니
당신이 있어
난 좋습니다

먹고 싶으면
먹고 싶다고 말하는 어머니
당신이 있어
난 더 좋습니다

주고 싶으면
주고 싶다고 말하는 어머니
당신이 있어
난 행복합니다

받고 싶으면
받고 싶다고 말하는 어머니
당신이 있어
난 더 행복합니다

어머니, 당신은 내 마당입니다

허수아비 사랑

밤하늘에 별이 많은 까닭은
아직도 내 가슴에 네가 있기 때문이다

촛불 끝이 흔들리는 것은
아직도 내려놓지 못한 사람이 있기 때문이다

제 몸 닿을 때까지
하얗게 말라버린 시간이 오면
나는 기둥이 되어 들녘을 지킨다

가슴 저 아래
꽁꽁 묶어둔
그리움 하나

늦가을
마지막 도토리 되어
탯줄을 끊는다

– 「도토리 기도」 부분

<u>04</u>

내가 살아
있다는 것

내 삶의 지팡이

눈물로
어두운 골짜기를 헤맬 때
지팡이로 길라잡이 된 그대

최면 걸듯
내 안에 웅얼거림을
속사포처럼 쏟게 한 그대

그대가 있어
옥토 위에 발을 얹습니다

석양

분연히 떨치고 일어나는 찬란한 생명의 빛이여
겨울 하늘에 고운 색깔로 불타는 홍염
꿈틀거리며 검푸른 바닷속으로 뛰어든다

아주 먼 옛날 스스로 빛을 내어
모든 생명의 안식처로 명명된 바다
그 넓은 바다 위에 온몸 불사르며 포효한다

쉬지 않고 출렁이는 신비로운 파도 소리
거대한 불꽃의 끝없는 속삭임
금빛 서쪽 하늘의 황홀한 서사이다

수평선 너머 사라지는 둥근 불덩이
젖과 꿀이 흐르는 가나안을 찾아
평온함 내어주고 그분의 능력 안으로 들어간다

디아코노스

복음을
전하기 위해
날마다 앵무새처럼
깨어 기도하는 당신이 있어
캄캄하고 텅 빈 카오스에서도
따뜻한 빛을 헤아릴 수 있습니다

말씀으로
절망의 자리를 박차고
새로운 희망에 행복해하는
당신의 섬김이 있어
영혼의 푸른 상처투성이지만
훼척한 나를 사랑할 수 있습니다

죽음에서 생명
절망에서 소망으로 인도하는
당신의 믿음이 있어
아낭케*로 공감 가득 채우며
스스로 존귀한 자라 여기며 살아갈 수 있습니다

---

* 아낭케 : 고대 그리스어에서 비롯된 것으로 '구속, 힘, 불가피함'을 뜻하고 강한 구속력을 상징.

내 안의 신석기

눈발 매섭게 흩날리던
구석기 시간 앞에
나는 무형의 토기였다

무섭게 쏟아지는 절망 어린 기억에
숨이 멎을 듯했지만
여기, 한 알의 볍씨를 떨군
그대가 있어
허기진 삶을 채울 수 있었다

내 안에
빗금을 치며
소리 없이 다가온 그대
내 안에 신석기는 그렇게 시작되었다

내가 살아있다는 것

대지의 들꽃들 밤새 꿈꾸고
파란 살갗 드러낸 하늘에는
어탁의 비늘구름 선명하다

그대가 돌아왔다는 소식
노란 꽃잎 엽서로 보내올 때
계곡처럼 내 눈물도 흐른다

돌아온 탕자 회환의 눈물
온 동네 울려 퍼지는 풍악소리
촌로의 주름진 얼굴에서 환희를 읽는다

오늘도
내가 살아있다는 것을

씨앗 하나

긴 치맛자락 움켜잡고
하얀 밤 지새우며
나를 지켰던 당신

밤새 만든 아침이슬
나무에 걸어 두면
영롱한 햇살로 진주 목걸이 만들어 준
봄의 전령이었소

가마솥에 낀
푸른 이끼처럼 메마른 내 영혼에
씨앗 하나 떨구어 준
구원자였소

피그말리온*

내가 원해서
곁이 된 당신
태초에
내가 그린 이상이다

사람처럼 얼굴을 만들고
내 생각의 그물로
영혼을 빚었을 때

비로소
내 곁으로 온 당신
피그말리온

---

* 피그말리온 : 심리학 용어로 다른 사람에 대해 기대하거나 예측하는 바가 그
대로 실현되는 경우를 일컫는 말.

십자가

마구간으로 오신 당신
축축한 진자리
그곳의 의미를 읽습니다

가장 낮고 눅눅한 자리
생명으로 오신
당신의 말씀을 묵상합니다

저희도
그 행로를 좇아
세상 가운데
십자가로 나아가기 원합니다

도토리 기도

가슴 저 아래
꽁꽁 묶어둔
그리움 하나

늦가을
마지막 도토리 되어
탯줄을 끊는다

이별과 그리움 사이로
똑 똑 떨어지는
애증의 눈물

혼자 길을 간다는 것

시간 밖에서
여백처럼 날리던 그때
네 발자국에 고스란히 드러난 실체
그렇게 나는 네 밖에서 서성이는 비존재였다
너를 통해 밝혀지는 무상의 존재

혼자 길을 간다는 것은
끝없이 반쪽을 채워가는 길
온전한 무늬를 그려 가는 길
내 삶은 그렇게 혼자 길을 내고 있었다

꽃잎 하나

들꽃의 푸른 꿈
아지랑이와 함께 춤추고
파란 하늘에 누운 구름의 하얀 꿈
흩어지는 바람과 함께 춤춘다

그대가 바람결에 부쳐온 꽃잎 하나
내 얼굴에 닿을 때
눈시울 붉어져 얼굴 돌리면
봄바람 타고 온 아기 예수
저만치서 웃고 있다

동행

내 가슴속 산이 너무 커서
그분의 소리를 들을 수 없습니다

내 가슴 타는 소리가 너무 커서
낮게 오신 그분을 알 수 없습니다

내 발걸음이 너무 빨라
동행하는 그분과 함께할 수 없습니다

그래도
그분이 있어
겨울나무처럼
새로운 봄을 준비할 수 있습니다

작은 밥상

추운 겨울 동안
얼지 않도록 꼬옥 안았습니다
따뜻한 봄날 뾰족이 나온 두릅
가난한 아침 밥상에 나왔습니다

가을 햇볕을 듬뿍 먹은 빨간 사과
한여름 동안
뜨거운 햇살과 비바람을 이겨냈습니다
엄마 잃은 아이의 간식이 되었습니다

겸손한 삶은
자기가 소중히 여기는 것을
필요한 사람에게
말없이 나누는 것입니다

낯선 도시의 네거리에
내가 서 있다

욕망의 바람을 짊어진 채
그는
남인가
나를 닮은 또 다른 나인가

- 「교차로 한가운데」 부분

05
구부러진 길
저쪽

옹이도 꽃이다

지금 이 자리는
그냥 온 자리가 아니다

너는 떠나고
네가 남긴 상처에
꽃이 폈다

차가운 지성을 뿌려놓고 떠난
그 자리에
진주가 반짝인다

아팠던 자리
옹이도 꽃이다

교차로 한가운데

낯선 도시의 네거리에
내가 서 있다

욕망의 바람을 짊어진 채
그는
남인가
나를 닮은 또 다른 나인가

안개 속 희미한 날 동안
수차례 우화*한 몸짓으로
가지 않는 새벽길을 만들어 냈다

교차로 한가운데 여전히 내가 서 있다

---

* 우화(emergence) : 누에가 고치 속에서 번데기가 된 후 나방이 되어 나오는
것을 칭함.

이방인

무엇을 얻고자
이 낯선 도시에 왔을까?

성글게 직조한
날 시간을 묶어
저울에 달아본다

무엇을 찾고자
이 자리에 섰을까?

나는 보이지 않고
나 아닌 것들에 싸인 내가 서 있다

인생은 기나긴 숨바꼭질
꼭꼭 숨은 나를 찾아가는 긴 여정이다

사유

지금 이 순간은
우리 서로
끊임없이 빅뱅*해 온 시간이다

내 속에 나 하나가 아니듯이
지금 이 순간
너도 너 하나가 아니다

너는
내게 또 다른 내일이다

---

* 빅뱅 : 우주의 시작은 거대한 폭발로 시작되었다는 대폭발 이론.

살아간다는 것

허물 벗는 모습에서
나를 느낀다

각질을 벗으며
존재를 지워가는 것이
그대로 경전이다

살아간다는 것은
나를 버리는 일
내 존재를 지우는 일이다

담장 너머

높다란 담장 너머
비대해질 대로 비대해진
광나무를 보았다

밑동에서 삐죽 나온
쥐똥나무 어린 잎은
향기 짙다고 얼굴 돌리고
산딸나무는
꿀이 많다고 시기한다

높다란 담장 너머
세상을 휘저으며 호령하는
그 모습이 낯익어 고개 돌리니

그 담장 안이
내가 사는 이곳이다

레 미제라블

사람들이 달려간다
하나 둘 셋
골목마다 빵들이 달려간다
하나 둘 셋

빵은
사람보다 높아
사람들을 감옥에 가두고
골목마다 빵들이 달려간다

노마디즘* 풍선

명문대 고집하는 할아버지의 헛기침
권위적인 아버지의 고함
교칙 어겼다고 벌점 주는 선생님
쉬지 않는 엄마의 잔소리
내 풍선 속에서 온종일 춤춘다

어느 바람 부는 날
핵분열을 일으키는 노마디즘 풍선
기다란 탈주 선을 그리며
파란 하늘로 날아간다

바람소리 친구 되고
하얀 구름 친구 되어
파란 하늘에 조그마한 점 되던 날
모든 바람 하늘에 날리고
긴 꼬리 날리며 집으로 온다

---

* 노마디즘 : 노마디즘은 특정한 가치와 삶의 방식에 얽매이지 않고 끊임없이
자기를 부정하면서 새로운 자아를 찾아가는 것을 의미.

블루 마운틴*

끝이 안 보이는 넓은 파란 하늘
그 끝까지 펼쳐진 초록의 향연
경이로운 대자연 앞에
혼이 쏙 빠져 파랗게 질린 안개는
바람 되어 허공을 난다

유칼립투스 나무여
가슴속 정열 한없는 복받침으로
온통 산 주변을 물들인다
층층이 쌓인 단층은
팔순 아버지 이마 주름처럼 긴 세월 파도 같다

숲들의 바다 물결에
질투심 일으킨 조각구름들
뾰족이 솟아난 젖 봉우리 덮는다
이른 아침 깨끗이 단장한 블루 마운틴*
물결쳐 오는 너의 웅장함에
자꾸만 작아지는 내가 보인다

---

* 블루 마운틴 : 오스트레일리아 시드니에 있는 유칼리 나무숲으로 푸른빛을
발한 데서 유래.

강물의 내막

푸르른 성하를 지나
섣달그믐날도 얼마 남지 않은 새벽녘
물안개 피어오르는 강물 위 겨울 철새

노란 살가죽 보이며
길고 가는 목을 추켜세우는 순백의 큰 고니
강물도 봄이 되면 먼 시베리아로 가는
순백이 그리워 출렁이며 눈물 흘린다

겨울 하늘을 빙빙 돌다
쏜살같이 강물 속으로 내리꽂는 흰꼬리수리
발톱으로 움켜쥔 물고기 쥐고 훨훨 날아오르는 꽁지깃
강물도 너를 위한 밥상을 놓지만 자유에 허기져
눈물 흘린다

수천 년 전에도
백로 기러기 쇠오리 왜가리
많은 생명들이 자유롭게 이야기하는 모래톱 카페
강물도 새털 구름 되어 마음 설렌다

삶

옥수수수염을 적신 비 냄새
산비탈 구르는 둥근 감자의 땀방울

오백 년 된 소나무 나이테
하루살이 맴도는 산나리

그들은 오늘도 똑같은 시간을 읽는다
소리 높여 읽는다

소멸

사면이 공허하다
영혼마저 퉁퉁 부어올라
삶이 퉁명스러운 날

전설이 된 무의식이
용암처럼 치밀어 온다

주변이 온통
갈라 터진 발바닥이다

하루하루
내 안에서 교차하는 나날

파편처럼 널린 고뇌를
아스피린처럼 삼킨다

구부러진 길 저쪽

희미한 모퉁이
내가 걸어온 시간이 고여있다

리좀*처럼 흩어지며
나를 잇는 사건들이
아스팔트 포장 위에서 빗살처럼 구른다

---

* 리좀(Rhizome) : 들뢰즈와 가타리의 공저 『천 개의 고원』에 등장하는 철학
용어이며, 리좀은 뿌리가 내려 있지 않은 번짐과 엉킴의 형상을 지지함.

아침이슬과 달빛

꽃잎 따라 줄지어 맺힌 이슬방울처럼
무지개 꿈을 안고 아침을 시작하고

감나무 끝에 걸린 둥근 달처럼
누군가에게 등불인 밤이라면 좋겠다

따스한 햇살이 아침이슬 날리듯
무거운 짐
지나는 바람 뒤꽁무니에 실어 보내고

은은한 달빛이 온 세상을 비추듯
내 작은 기도 하나
무수히 많은 별의 북극성이라면 좋겠다

서원경*이라

통일신라 685년 찬란한 빛
옛 살라비 같은 우암산
생명의 젖줄 무심천
천년의 역사 그 이름 서원경이라

뜨거운 태양 눈물 젖은 빈 가슴으로
다섯 그루, 스물두 개의 씨앗
오로지 고귀하고 순결한
신앙의 눈물 그 이름 서원경이라

곧게 뻗은 늘 푸른 소나무의 기상
홍매화 인고의 세월
섬김의 향기가 가득한
고아한 그 이름 서원경이라

이 시대 살리기 위한 사랑공동체
금낭화 새순처럼
그분 하시는 일에 아멘으로 순종하는
영원한 그 이름 서원경이라

---

* 서원경 : 청주시 가경동에 위치한 서원경 교회.

백석*인이여

천안 안서골 영성의 샘물터
개혁주의 신앙의 함성 울리고
주님의 사명받아 기뻐하는 백석인이여

교정의 하얀 목련화
고귀하고 숭고한 정신 드높이고

언덕 위 푸른 소나무
변함없는 그분의 사랑인 것을

진리 자유 정의가 꽃 피는
믿음의 동산 위로
푸른 꿈 좇아 높이 나는 독수리

온 세상을 복음화하여
십자가 사랑 펼치고자
오늘도 거친 바람 헤치며 창공을 난다

---

* 백석 : 천안시에 위치한 백석대학교.

사람들이 달려간다
하나 둘 셋
골목마다 빵들이 달려간다
하나 둘 셋

– 「레 미제라블」 부분

옹이의 꽃,
그 감동의 시학

― 노영숙 시집 『옹이도 꽃이다』에 부쳐

홍문표 | 시인, 비평가, 전 오산대학교 총장

옹이의 꽃, 그 감동의 시학

- 노영숙 시집 『옹이도 꽃이다』에 부쳐

●

홍문표(시인, 비평가, 전 오산대학교 총장)

　　　노영숙 시인의 첫 시집 『옹이도 꽃이다』 출간을 진심으로
축하한다.

　시의 본질은 무엇이고, 시의 생명은 무엇인가? 그것은 관점에 따
라 다를 것이니 한마디로 정의할 수 없다고 말하는 불가지론도 있
을 수 있겠고, 그래도 읽으면 위로와 평안을 주니 유용할 것으로 생
각하는 수준도 있겠다.

　그러나 이런 이야기들은 시의 본질이나 시의 생명에 대한 근본적
인 해명이 아니라 그냥 상식적으로 또는 즉흥적으로 내뱉는 시정
의 인식일 뿐이다.

　대개의 사람은 세상을 살아가는 데 사물에 대한 고도의 시적 탐
구나 존재의 미적 가치나 의미에 대한 진지한 사색을 꺼리거나 무
관심하거나 무시하는 경우가 많다. 일상에 필요한 의식주에 모든
것을 걸고 있기 때문이다.

　그런가 하면 세상을 살아가는 데는 일상적인 언어나 사전적인 언
어면 족하지 무슨 은유metaphor니, 이미지image니, 리듬rhythm이니 하
는 시적 언어 따위가 필요한 것이냐고 말할 수도 있다.

　이러한 생각들은 모두가 세상 이치를 그저 단세포처럼 단순 무

식하게 속단하고 오해하며 안일하게 살아가려는 속물적 발상이다. 이는 마치 매일 물을 마시면서도 물을 마시지 않는다든지, 물이 필요 없다고 하는 것과 같다.

시는 소위 시인이라고 하는 일부의 고상한 취미나 한가한 여가가 아니다.

인간이면 누구나 시와 함께 산다. 인간은 누구나 꿈을 꾸며 살고 내일에 대한 기대와 희망을 품고 산다. 여기서 꿈이니 기대니 희망이니 하는 것이 무엇인가. 이를 시학적으로 말하면 상상이니, 은유니 하는 것이다.

이렇게 인간들은 모두 전문적인 시인이 아니어도 저마다 시적인 사유와 시적인 상상의 꿈을 꾸며 사는 것이다. 그러니 인간은 근원적으로 시적인 존재다.

그런데 과학적 창조는 삶을 유용하게 하는데 시적 창조는 우리에게 무엇을 할 수 있는가. 시는 우리의 삶을 한없이 넓고 깊고 아름답게, 그리하여 우리를 풍요롭고 행복한 세계로 안내한다.

성경의 창세기를 보면 최초의 인간 아담은 자신의 갈비뼈로 만든 최초의 여인 이브를 보고 "이는 내 뼈 중의 뼈요, 살 중의 살이라" 했다. 여인의 소중함을 '뼈 중의 뼈', '살 중의 살'이라는 시적 언어를 사용한 것이다. 얼마나 감동적이고 행복한 표현인가? 시적 표현의 위대함이 여기에 있다.

만일 하나님이 시적인 계시의 언어가 없었다면 어떻게 인간에게 임재할 수 있었을까. 어떻게 인간과 자연들이 그 내밀한 비밀을 소통할 수 있었을까? 예수가 복음, 즉 하늘의 천기를 세상에 선포하면서 "비유가 아니면 말씀하지 아니하였다"고 했는데, 여기서 비유란 바로 시적인 메타포다. 감추어진 세계, 불가사의 세계를 드러내는 놀라운 작업은 바로 시적인 메타포, 바로 비유가 아니면 불가능한 것이고, 인간과 신, 인간과 자연 등 서로 차원이 다른 세계가 소통할 수 있는 길도 역시 비유라는 메타포의 사다리를 거치지 않고는 넘나들 수가 없는 것이다.

그렇다면 시란 한마디로 정의할 수 없는 미망의 것이라든지, 단지 위로와 평안을 주는 한가한 감상물 정도로 생각하는 것은 시의 본질을 오해하고 있을 뿐만 아니라, 신비롭고 오묘한 이 세계에서 참으로 풍요롭고 의미 있는 삶의 신비를 모르는 무지가 되는 것이다.

결국, 시를 쓴다는 것은 무엇인가? 이는 꿈꾸며 산다는 것이다. 겉으로 드러난 일상의 건조함을 벗어나 더욱 가치 있고, 의미 있고, 아름다운 세계를 사유하며 사는 것이다. 그리고 그러한 삶을 위해서는 끊임없이 사물의 내면에 숨겨진 진실을 발견해야 하고 소통해야 하고 드러내야 하는데, 그러기 위해서는 자기만의 독특한 시적인 메타포를 구사할 수 있어야 한다. 시의 소중함이 여기에 있고, 시인의 존재가치가 여기서 빛나게 되는 소이가 있다.

시의 존재성에 대한 진의를 이렇듯 장황하게 변론하는 것은 이번 첫 시집을 내는 노영숙 시인의 시집이 보여주고 있는 그의 시 정신과 시작 태도가 바로 사물의 내면에 숨겨진 진실을 발견하고 소통하고 드러내는 것임을 분명히 인식하고, 이를 독특한 그의 시학을 통해 놀랍게 구현하고 있기 때문이다.

시는 일상을 넘어 더 깊은 사물의 내면을 발견하고 이를 독자적인 메타포를 통해 구현하는 것이라고 할 때 노영숙 시인의 이 시집은 제목에서 이미 그러한 시학이 선명하게 드러나고 있다.

그는 이번 시집의 제목을 '옹이도 꽃이다'라고 했다. 옹이가 무엇인가? 옹이는 나무의 몸에 박힌 가지의 밑 부분, 바로 가지의 그루터기다.

이러한 옹이는 기둥보다 약한 가지들이 비바람에도 견딜 수 있도록 강인한 결로 굳어져 있다. 이런 강인함은 처음부터 그런 것이 아니라 오랫동안 비바람을 견디면서 강인하게 굳어진 것이다.

그런데 옹이의 진가는 여기서 끝나지 않는다. 만약 가지가 잘려져 나갔을 때는 그 상처를 메꾸고 온몸을 지탱하기 위해 나무들은 스스로 진액을 토해 환부를 덮고 더욱 강인한 결집으로 방어 조치를 한다. 이러한 나무들의 자연현상을 보면서 시인은 거기서 어떤 내면의 메시지를 들을 수 있었을까?

이번 시집의 제목이 된 시 「옹이도 꽃이다」를 보자.

지금 이 자리는
상처가 그려 낸 꽃이다

너는 떠나고
네가 남긴 상처에
꽃이 폈다

차가운 지성을 뿌려놓고 떠난
그 자리에

진주가 반짝인다

아팠던 자리
옹이도 꽃이다
　　　　-「옹이도 꽃이다」

　시어든 일반 언어든 언어는 기본적으로 기호다. 그런데 그 기호
는 하나의 의미만 있는 것이 아니라 문맥에 따라 의미작용을 달리
한다. 그런가 하면 시인의 창조적 상상력에 의한 메타포를 통해 원
래의 의미는 더욱 차원을 달리하여 확장된다.

　사실 옹이의 기본적인 개념은 나무의 큰 줄기에 박힌 가지의 밑
부분, 바로 그루터기다. 이것이 기호의 1차적 의미다. 그런데 이를
몸으로 유추하여 해석한다면 바로 몸에 박힌 굳은살이다. 이는 기
호의 2차적 의미작용이다. 그런데 이를 정신적인 마음으로 유추한
다면 바로 마음에 맺혀 있는 굳어진 감정이 된다. 그렇다면 이는 기
호의 3차적 의미작용이 된다.

　이렇게 옹이라는 기호는 연상적 상상을 통해 2차로는 몸에 박힌
굳은살이 되고, 3차로는 가슴에 맺힌 굳어진 감정으로 전이되고 확
산하는데 이러한 의미작용의 확산이야말로 바로 시적 사고의 영역
이 된다. 필자가 앞서 인간은 근원적으로 시적이라고 한 이유가 여
기에 있다.

　왜냐하면, 옹이라는 1차적 의미를 굳은살이나 굳어진 감정으로
유추하여 의미를 확장하는 노력은 분명 시적인 작업이지만, 일상의
언어생활에서도 이 정도는 누구나 구사하며 살고 있기 때문이다.

그렇다면 이러한 시적 언어생활의 일반적 상황에서 굳이 시인일 수 있는 것은 무엇인가? 그것은 옹이의 의미를 굳은살이나 굳어진 감정의 일상화된 시적 상상력에서 한 단계 더 뛰어넘는 비약과 발견과 창조의 비상한 상상력을 구사할 수 있기 때문이다. 그리하여 시인은 1차적인 의미가 비록 시적으로 전이되었다 하더라도 이러한 전이가 이제 일상적인 언어로 굳어버렸다면 여기서 다시 새로운 비약을 시도하여 의미의 세계를 놀랍게 확장해야 하는 것이다.

노영숙 시인의 이번 시집이 바로 그러한 뛰어넘음의 놀라운 시적 통찰력을 보여주고 있다. 그의 놀라운 시적 상상력과 통찰의 시력이 무엇인가.

그것은 옹이가 몸의 굳은살이거나 가슴에 박힌 굳은 마음의 흔적 정도가 아니라 오히려 '옹이도 꽃이다'라는 탁월한 상상력과 놀라운 시 정신을 드러내고 있기 때문이다. 마음에 박힌 상처는 응어리가 되고, 응어리는 원망이 되고 슬픔이 되고 한이 되고, 그래서 한국인들의 정서는 한恨이란 감정의 어두운 트라우마가 되어 죽어서도 귀천을 못 한 채 구천을 떠돈다는 부정적 그림자로 우리를 우울하게 한다.

그런데 노영숙 시인은 이러한 통설마저 뛰어넘는다. 옹이는 상처가 아니고 오히려 그러한 상처를 거쳐 마침내 피워낸 아름답고 영광스러운 꽃이라는 것이다. 이 얼마나 탁월한 비약이고 역설인가? 사실 노영숙 시인의 이번 시집이 갖는 시적 성과는 '옹이도 꽃이다' 이 한 마디의 메타포로 이미 성공을 거둔 것이다. 이는 단지 옹이가 굳은살이나 가슴에 맺힌 감정의 옹이라는 일반적 상상을 넘어 오히려 꽃이라는, 낯설게 만들기의 탁월한 메타포를 통해 전인미답의 새로운 세계를 개척했기 때문이다.

　더구나 마음의 응어리를 대개는 부정적 감정인 한으로 몰아가려는 일반의 인식마저 과감히 떨치고 오히려 긍정적인 감정으로, 삶의 완성도가 높은 훈장으로, 영광스러운 표상으로 해석하는 그의 시 정신 또한 높이 평가하게 된다.

　그러한 긍정의 시학은 인용한 시 3연에서 '차가운 지성을 뿌려놓고 떠난/ 그 자리에/ 진주가 반짝인다'에서 더욱 분명해진다. 결국, 노영숙 시인의 이러한 옹이의 시학은 인생이란, 모든 생명이란 삶의 시간이라는 수많은 상처를 통해 완성되는 꽃이 되고, 진주가 된다는 아포리즘에 그 진의가 있다.

너의 숨소리였다

단풍잎처럼 다가와
긴 허공을 가를 때

너를 가슴에 담고
나는 가을빛 홍역을 앓는다

잘 익은 홍시 하나
등불 되어 깜빡일 때

창문에 걸리는 소리
네가 내 가슴에 머문다
　　　　-「슬픈 가슴속에」 전문

햇살 품은 단풍에
나무의 역사가 있다

떫은 시간
쓰린 시간
달달한 시간들
어울려
계절을 재촉한다

기공 닫은 시간의 흔적이다

단풍, 그곳에 내 지난 시간이 일렁인다
                    -「단풍, 그 안에」전문

불쌍하다고 말하지 마라
너도 언젠가는
생의 마지막 줄을 그렇게 잡고 있으리니

길 위에 뒹구는 낙엽을
함부로 밟지 마라
너도 언젠가는
차가운 아스팔트 위에서
봄을 기다리는 내 마음과 마주치리니

내 몸 불태우며
뜨거워하는 나를 위로하지 마라
너도 언젠가는
네 몸의 피붙이를 위해
나처럼 태우고 태우리니
                    -「나처럼 태우고 태우리니」전문

이러한 옹이의 시학은 붉은 단풍이나 홍시의 역사를 통해 더욱 뚜렷한 꽃의 언어가 된다. 작품 「슬픈 가슴속에」는 너를 가슴에 담고 가을빛 홍역을 앓는 과정에서 오히려 잘 익은 홍시의 깜빡거림을 보고 옹이는 마침내 내 가슴에서 꽃으로 만개하는 것임을 발견하게 된다.

이는 「단풍, 그 안에」서도 그렇다. 우선 시적 화자는 서두에서 '햇살 품은 단풍에/ 나무의 역사가 있다'라고 했다. 화려한 단풍의 완성에는 떫은 시간, 쓰린 시간, 달달한 시간이 어울려 작용한 시간의 역사가 있다. 따라서 햇살 품은 단풍은 내 지난 시간의 축적이고 역사다.

그렇다면 그러한 옹이의 꽃은 어디서 만들어지는 것일까. 다음 작품들을 보자.

미동도 없이
고요로 키우는 생명들

햇볕 한 줌 받아먹고
손마디 하나 키우고

달빛 한 줌 받아먹고
눈 하나 키운다

태양 닮은 둥근 자식들
대문 앞에 걸터앉아
뭇 나그네 불러들일 때

산봉우리 닮은 그녀의 가슴속으로

어스름이 긴 발을 치면
산속 짐승 저들마다 제 욕망을 읊조린다
                    -「그녀의 품」 전문

솔바람 한 줄 스치니
맑은 얼굴 드러내고

단풍잎 하나 떨구니
환한 얼굴 나타난다

별 하나 나 하나, 별 둘 나 둘,
연못 속에
또 하나의 하늘을 만들어 본다

별 하나 꼬리별 되어
연못 속으로 떨어지던 날

연못 속 하늘에 파문이 일고
내 가슴속 작은 물결 인다
                    -「연못가에서」 전문

춤추지 않는 꽃이 어디 있으랴

동풍이 귓불 만지고
봄비가 머리 적신 후

굳게 여민 네 가슴 풀어
노랑나비 품어 안는다

네 진한 화무 한 자락
높은 산 잔설 무더기

등불 되어 하늘을 훨훨 난다
                    - 「춤추며 피는 꽃」 전문

　옹이의 꽃은 먼저 '그녀의 품'에서 키워진다. 시적 화자는 이 작품에서 먼저 고요로 생명을 키운다 했다. 햇볕 한 줌 받아먹고 손마디 하나 키우고 달빛 한 줌 받아먹고 눈 하나 키운다 했다. 그리하여 옹이의 꽃은 태양 닮은 둥근 자식들이 되고 그녀의 가슴은 산봉우리가 된다.

　그런가 하면 그녀의 품은 '연못가에서'처럼 솔바람, 단풍잎, 별 하나 별 둘이 내려앉는 연못이 되고, 연못 속 하늘에 꿈과 욕망의 파문이 일면 내 가슴속에서는 작은 물결이 일어난다고 했다. 따라서 그녀의 삶에서 화려하게 개화된 옹이의 꽃들은 산처럼, 연못처럼 높고 깊고 투명한 그녀의 품, 그녀의 가슴에서 일렁거리며 키워지는 것이다. 그리하여 마침내 옹이의 꽃들은 가슴에서 보람으로 환희로 '춤추며 피는 꽃들'이 된다.

　이처럼 옹이의 꽃은 그녀의 가슴에서 키워지는 인고와 사랑의 결실이며 그렇기에 옹이의 꽃은 삶의 보람이 되고 마침내 춤을 추며 비상하는 기쁨이 된다는 놀라운 긍정과 헌신의 시학이 바로 노영숙 시인의 시 정신이 되고 시적 진실이 된다.

　그러나 옹이의 꽃이 비록 그의 품에서 키워진 것이기는 하지만 그는 홀로 그 꽃들을 피웠다고 자만하지 않는다. 오히려 누군가와 함께, 더불어 피워지는 것임을 겸허히 고백한다. 다음 시들을 보자.

허물 벗는 모습에서
나를 느낀다

각질을 벗으며
존재를 지워가는 것이
그대로 경전이다

살아간다는 것은
나를 버리는 일
내 존재를 지우는 일이다
                    -「살아간다는 것」 전문

내 가슴속 산이 너무 커서
그분의 소리를 들을 수 없습니다

내 가슴 타는 소리가 너무 커서
낮게 오신 그분을 알 수 없습니다

내 발걸음이 너무 빨라
동행하는 그분과 함께할 수 없습니다

그래도
그분이 있어
겨울나무처럼
새로운 봄을 준비할 수 있습니다
                    -「동행」 전문

지금 이 순간은
우리 서로
끊임없이 빅뱅 해 온 시간이다

내 속에 나 하나가 아니듯이
지금 이 순간
너도 너 하나가 아니다

너는
내게 또 다른 내일이다
                    - 「사유」 전문

　진정 옹이의 꽃을 피우는 일은 이기적인 나의 욕망과 감정만으로
되는 것이 아니다. 자기를 비우는 겸손이 없이는 옹이에서 꽃이 피
어나는 기적을 경험할 수 없다. 세상 사람들은 모두 자기를 드러내
는 것으로 존재감을 확인하고자 한다.

　그러나 자기를 드러내고자 할 때 옹이는 오히려 원망과 부정의
상처로 남는다. 그러니 겸손하게 나를 비우는 것이다. 나의 인간적
인 허물을 벗는 것이다. 그래서 시인은 '살아간다는 것'에서 '각질을
벗으며/ 존재를 지워가는 것이/ 그대로 경전이다'라고 했다. 살아
간다는 것은 나를 버리고 나를 지울 때 옹이에서 꽃이 피는 기적이
일어날 수 있기 때문이다.

　그리고 그렇게 비울 때 누군가가 나와 동행하며 옹이의 꽃을 함
께 피우는 것이다. 작품 「동행」은 바로 자기 비움 뒤에 진정 나와 함
께 하는 그분에 대한 종교적 체험을 진솔하게 고백하고 있다. 옹이
의 꽃은 가슴에서 키워진다고 했다. 그러나 산같이 높은 가슴의 소
망으로는 그분의 소리를 들을 수 없고, 뜨겁게 타는 내 가슴의 열
망으로는 낮게 오신 그분의 소리를 감지할 수 없다. 그러기에 그분
의 은총이 아니고는, 그분의 섭리가 아니고는 가슴에서 겨울나무

가 새봄을 준비할 수 없고, 나의 옹이에서 꽃이 필 수도 없다. 그리고 이러한 동행의 '사유'는 물론 절대자와의 수직적 관계인식이기도 하겠지만, 사실은 나와 가족과 이웃과 자연과 시간과도 동행이라는 수평적 관계인식을 함께 동원하여 동행의 시학을 완성한다.

나를 철저히 비우고 수직과 수평의 너와 내가 함께 어우러질 때만이 빅뱅의 시간이 되고 옹이에서 꽃이 피는 놀라운 기적이 된다.

이처럼 노영숙 시인의 이번 시집 『옹이도 꽃이다』는 바로 옹이가 꽃이 되는 시적 메타포의 놀랍고 신선한 발견이며 그것은 부정에서 긍정으로, 원망에서 기쁨으로 거듭나는 기적의 시학이 된다.

옹이란 무엇인가? 산다는 것의 진정은 무엇인가?

그것은 옹이도 꽃이라는 발상 전환, 그 뛰어넘음의 시적 상상력에서 비롯될 수 있음을 시인은 이번 시집을 통해 아주 반갑고 진지한 시어로 우리에게 말해주고 있다.

옹이도 꽃이다

아정 노영숙 시집